LA BATAILLE

DE

MALPLAQUET,

OU

LE PALAIS DE LA CHICANE,

POËME

BURLO-SATIRI-CALEMBOURDI-HÉROÏ-COMIQUE

EN DOUZE CHANTS.

PARIS,

DE L'IMPRIMERIE DE DAVID,

BOULEVART POISSONNIÈRE, N° 6.

1826.

LA BATAILLE
DE MALPLAQUET,

ou

LE PALAIS DE LA CHICANE.

IER CHANT

SOMMAIRE.

Exorde, exorcisme du prêtre Ancel, moralité du poëme, invocation. Une botte de chardons donne lieu à un procès contre Bairactar. Plaidoyer de Malplaquet, bâtonnier du barreau de Metz. Il outrage et diffâme Bairactar. Ce dernier tire sa durandal et fond sur Malplaquet. La Chicane se précipite entre eux et défend le bâtonnier. Discours de la Chicane au tribunal. Le président Durnuque ordonne l'expulsion de Bairactar, qui résiste aux huissiers et recors. Vilhomme expire sous les coups d'un Cujas qu'il reçoit sur le front. Bonnard esquive un Barthole qui lui est lancé par Bairactar. De Bonbec se lève et vient soutenir Malplaquet. Tout le barreau prend parti pour lui. Bonbec met les avocats en bataille et requiert l'arrestation de Bairactar qui le blesse au jarret. On le transporte à l'ambulance. Bonnard le remplace dans le commandement de l'armée. Il la harangue. Bairactar est sommé de se rendre. Réponse du guerrier. Bataille. Bairactar est blessé à la fesse. Il fond sur l'ennemi. Bonnard se pâme et se cache. Le combat se soutient. Bairactar perd sa cuirasse de lard. Le priseur Cormoran la vend. Repos des combattans. Le nez rond de Morlès sonnant de la trompette, ranime le corps des avocats et des procureurs. Le combat recommence. Prodige de valeur de Bairactar. Combat singulier entre lui et Lansdar. Défaite de ce dernier. Bairactar est de nouveau cerné. Il combat valeureusement et soutient le choc des assaillans. Le poêle est renversé. Bairactar, pressé de tous côtés, invoque Mars et Minerve. Le dieu fait descendre à ses pieds les tuyaux du poêle. Il s'en saisit et en frappe ses adversaires, qu'il met en fuite. Malplaquet est resté seul debout. Bairactar lui reproche sa mauvaise langue, et s'en venge en le jetant par terre. L'échevin se relève, et jure par le muphty qu'il prendra sa revanche. Bonnard s'enfuit et la Chicane va monter son hypogriffe, qui la transporte à Madrid.

Je chante les combats et ce soldat terrible,
Qui repoussa trois fois d'une main invincible,
Un peloton d'huissiers, d'avoués et recors,
Et fut taxé d'avoir le diable dans le corps.
Déjà le prêtre Ancel, muni de son étole,
Suivi du sacristain, du serpent Rémisole
Et des persévérans enrôlés pour le ciel,
Contre l'esprit malin, bravant l'ange Uriel,
Avait dit l'oraison par les canons prescrite,
Et trempait l'asperges dans un pot d'eau bénite ;
Il allait prononcer l'infaillible *exeat,*
Et le béat Morlès, *Deus exaudiat ;*
Lorsqu'un coup de tonnerre, ô miracle ! ô surprise !

Fit soudain rebrousser Ancel à son église.

Enfans de la Lorraine, et vous fameux guerriers
Dont le front est couvert, ombragé de lauriers!
Vous, dont l'Europe entière a salué la gloire!
Dont les noms sont inscrits au temple de mémoire!
Magistrats, citoyens, qu'au chemin de l'honneur
L'on vit toujours marcher sans reproche et sans peur!
Soutenez mes efforts, encouragez ma veine;
Venez tous partager la vigoureuse haine
Que ma Muse a vouée aux infracteurs des lois!
C'est pour vous que je peins ces burlesques exploits,
Qui, de Metz, indignée, en proie aux immobiles,
Eurent pour spectateurs les habitans dociles.
Puissent mes faibles vers, suspendant vos travaux,
Embellir vos momens consacrés au repos;
Vous faire des procès abhorrer l'habitude,
Et fuir des Doublemain la ténébreuse étude!
Je n'aurai pas en vain fait naître Bairactar,
Poursuivant de son fouet ces nouveaux Escobar;
Et, puissent-ils encor, pour couronner l'ouvrage,
Du généreux Purnot obtenir le suffrage!
Las d'ébranler les mers, les fougueux aquilons
Étaient tous retournés dans leurs antres profonds,
Et de leurs manteaux blancs, Zéphyr, de son haleine,
Avait débarrassé les vallons et la plaine.
Du Rud-de-mai l'hiver n'arrêtait plus le cours;
L'escargot renaissait, et le dieu des amours
Lançait ses traits de feu sur toute la nature.

Les champs étaient couverts d'un tapis de verdure,
Le merle dégourdi, commençait à siffler,
Les auteurs dont la verve a peine à se gonfler,
Les érudits en *us*, les Trissotins en robe,
Et les vers de Jobal, bons pour la garde-robe.
    Déjà le rossignol dans les sombres forêts,
Sur les arbres touffus, au milieu des bosquets,
Près du site ignoré, solitaire et tranquille,
Qui cache le berceau de sa jeune famille,
Faisait retentir l'air de ses tendres accens,
Et les échos charmés répétaient tous ses chants.
    La paix, la douce paix, succédant aux alarmes,
De Mars et de Bellone avait rouillé les armes,
Et Louis, relevant l'édifice des lys,
Renversé par le choc des différens partis
Qui s'étaient disputés les lambeaux de la France,
Avec l'ordre et les lois ramenait l'abondance.
Le peuple, ivre de joie, oubliait ses malheurs;
La veuve et l'orphelin sentaient tarir leurs pleurs.
Tel est l'heureux effet d'un règne légitime;
Sous un roi paternel tout s'accroît, tout s'anime,
Tout marche, plein d'espoir, vers un ordre nouveau :
Le commerce enhardi rallume son flambeau;
Et la simplicité, compagne du bel âge,
N'a plus à redouter d'être en butte à l'outrage
De ces profanateurs obscurs et sans aveu,
Dont le premier besoin est de blasphémer Dieu,
Et qui, développant leur sacrilége audace,

De leur impiété laissent partout la trace.

Ainsi, tout s'endormait sous l'égide des lois ;
La science et les arts revenant à la fois,
Et se donnant la main, préparaient à la France
Ce degré de splendeur et cet état d'aisance
Où voulaient la placer le généreux Henry,
Les Saint-Cyr, les Décaze et l'immortel Sully.
Hélas ! que le bonheur est de courte durée !
Tout change, et la vertu cesse d'être honorée.
On fait plus maintenant, on l'outrage, on la fuit,
On la berne partout, partout on la poursuit
Comme séditieuse ou comme une ennemie,
Dès qu'elle ose flétrir le vice et l'infamie.

Tel fut atteint, proscrit, le Nestor des soldats,
Bairactar retiré, vieilli dans les combats,
Dont le sang pétulant coula pour la patrie,
Aux champs de Marengo, sous le ciel de l'Istrie ;
Et qui ne demandait, pour prix de ses travaux,
Qu'à planter du tabac et qu'à semer des aulx.
A ses fils attentifs il contait son histoire ;
Les hauts faits de ces preux, trahis par la victoire ;
Lorsque la basse Envie aux yeux secs et jaloux,
Vint troubler et noircir ses plaisirs les plus doux ;
Empoisonner ses jours, jusqu'alors sans nuage.
Muses, redites-moi par quel motif de rage
L'implacable déesse, empruntant le bonnet,
Et la robe et le port de maître Malplaquet,
Vint souffler à Tierçon, jeune d'esprit et d'âge,

Cette ardeur de plaider, que condamne le sage,
Et dont les fruits amers, produisant leurs effets,
Font souvent au vainqueur déplorer ses succès.
   Un ballot de chardons sur lequel une poule,
Un lapin affamé, broutant une ciboule,
Avaient couché, pissé, fut le signal qui mit
Mons Morlès en émoi, qui noblement fournit
Au Bartholo messin, sur ce sujet immense,
Matière à dégorger sa mordante éloquence.
   « Le cas, Messieurs, dit-il, que je plaide aujourd'hui,
» N'est pas un cas qu'on plaide et par non, et par oui.
» Il s'agit d'un dommage immense, incalculable (1)
» Qu'a fait, pendant la nuit, un lapin dans l'étable
» De celui pour lequel j'occupe à ce barreau.
» On dira que ce fait n'est pas un fait nouveau,
» Et que pour des chardons sans pointe et sans ovaire,
» On a peu de raison de venir ici braire,
» D'alarmer le palais, et de jeter des cris,
» Comme s'il en manquait aux ânons du pays,
» A Dorfils, à Bompard, à Valtaire, à Cutandre,
» Chez Vogeain, Larissole et le pleutre Alexandre,
» Cuny-Jacquin, Tinet, et dans les magasins
» Des marchands d'Oremus et des frères Bazins.
» Mais qu'importe, après tout, ce que notre adversaire,
» Ce jongleur (2) déhonté, pourra, sur son affaire,
» Dire, pour se laver du tort par lui commis :
» Il devait surveiller sa poule en son logis ;
» Mais tel était son but : il voulait autre chose

» Que de prendre à celui, pour lequel je propose,
» Les chardons qu'il guettait depuis cinq à six ans :
» On connaît du dragon l'adresse et les talens ;
» Pour décrocher, palper (3), sans que cela paraisse,
» Cervelas et jambons, saindoux et pots de graisse ;
» Je conclus donc qu'il soit, avec frais et dépens,
» Forcé de nous payer vingt petits mille francs (4).
» Ce n'est pas trop, Messieurs, pour ce sudorifique
» Que tous nos maréchaux prennent en spécifique ;
» Pour guérir les chevaux mordus des scorpions.
» Je persisterai donc dans mes conclusions. »
  Au mot de scorpions, le vieux reitre sans tache,
Tire sa durandal, relève sa moustache ;
Il allait enfoncer le fougueux clabaudeur,
Lorsque, dans le barreau tout frappé de stupeur,
La Chicane au nez long et le regard perfide,
Entre le béquillard et le fer homicide
Vint se précipiter et détourner les coups
Qui pouvaient envoyer au fatal rendez-vous
Le hableur clopinant; ce marchand de parole ,
A trois francs le mensonge et vingt sols l'hyperbole.
« Eh quoi! dit la déesse, en élevant la voix,
» C'est donc dans ce palais où s'appliquent les lois ,
» Qu'un soudart, oubliant ce qu'il doit à la toge,
» Viendra la brette en main, comme un autre Allobroge,
» Menacer sur ces bancs mon digne défenseur,
» Et porter dans son âme et le trouble et la peur !
» Le souffrirez-vous donc ? Non, sans doute, et je pense

» Qu'une telle incartade aura sa récompense,

» Que vous saurez punir un pareil attentat

» Qui tend à compromettre et la vie et l'état

» De mes sujets soumis à votre omnipotence ;

» Eh ! que deviendraient-ils, si telle impertinence

» S'emparant du plaideur dans sa cause à venir,

» Chacun d'eux se croyait en droit de démentir

» Par la force ou le fer les discours pathétiques,

» Les termes ampoulés et les mots énergiques

» Qui sortent sans efforts de leurs fermes poumons ?

» Ils suivent en tous points mes sublimes leçons,

» Et toujours disposés, soit à médire ou braire,

» Ils n'oublieront jamais qu'une mauvaise affaire,

» Fût-elle d'un Normand dans les mains d'un Bonnard,

» Aux yeux d'Inoc sans teint et de Daur le bavard,

» Fameux caméléons, s'il en fut en Narbonne,

» Teinte par Malplaquet, peut se plaider pour bonne.

    » Ministres de Thémis, dit-elle, en soupirant

» Et tordant sa mâchoire où paraît un serpent

» Tout prêt à s'élancer sur le soldat profane ;

» Vous voyez devant vous la tenace Chicane :

» Sans elle, vos mentons devenus inactifs,

» Vous remettraient au rang de ces êtres pensifs,

» Dont la selle légère et la main dégarnie

» Annoncent la misère et le peu de génie.

» Par mes soins assidus vos buffets sont garnis,

» Et vos celliers chargés des vins les plus exquis.

» Pour vous, l'humble artisan façonnant son ouvrage,

» S'empresse de venir vous en faire l'hommage ;
» Et le dieu des jardins, dépouillant ses coteaux,
» Vous apporte ses dons et ses fruits les plus beaux.
» Il n'est pas d'important dont la lâche industrie
» S'est abreuvée en paix du sang de la patrie,
» Qui ne pense obtenir une faveur des cieux,
» Lorsqu'il peut vous glisser l'argument précieux
» Auquel rien ne résiste, et pour lequel Cudane
» Se ferait musulman ou prendrait la soutane ;
» Crierait Vive la Ligue ! ou bien Vive le Roi !
» Selon que le vent souffle ou stimule sa foi :
» Argument dont le poids… (faut-il à la mémoire
» Retracer le récit de cette crasse histoire,)
» Dont le poids agissant sur deux pauvres esprits
» A, pour sa liberté, fait pâlir tout Paris,
» Et compromis un jour le destin de la France…
» Mais, là-dessus il faut observer le silence ;
» Le temps n'est pas venu de livrer au mépris,
» Ces trafiquans d'honneurs, ces âmes à tout prix,
» Qui, pour l'appât de l'or, cette vile matière,
» Iraient tous du Grand-Turc embrasser le derrière…
» A mes suppôts je viens apporter du secours.
» Vous le savez, Messieurs, sans l'obligé concours
» De termes redondans, de mots de remplissage,
» Le plus beau plaidoyer, le discours le plus sage
» Ne seraient que des lieux dénués d'intérêt ;
» Il nous faut à présent des mots à faire effet,
» Des discours parsemés d'épigramme et d'injures,

I *

» Des plaidoyers remplis, tout farcis d'impostures,
» Voilà le beau ! le grand ! tel qu'il faut qu'aujourd'hui
» Mes dociles enfans, dont vous êtes l'appui,
» Fassent l'heureux métier, le brillant cours de stage.
» Tous les genres sont bons ; et l'opprobre et l'outrage,
» En guise de raison, au défaut d'argumens,
» L'ont souvent emporté sur le goût, le bon sens.
» Voyez ce Beaumarchais, luttant contre Lablache (5),
» Il en perdit la tête avec sa sabredache :
» Il avait trop raison pour ne pas avoir tort :
» Et le succès répond au poumon le plus fort ;
» S'il eût mieux su s'y prendre, il aurait, comme Énée,
» Au dogue à triple tête, à la gueule affamée,
» Lâché quelques anchois, et le bon de Goetzmann,
» Ce conseiller si pur, ce sehr Recht Schaffnermann,
» Eût fait en sa faveur descendre la balance ;
» L'un gagnait son procès et l'autre sa pitance...
» Mais, que prétend ici, que vous veut ce grognard,
» Qui menace, dit-on, de devenir fou tard (6).
» Vous a-t-il seulement, d'une paire de cailles,
» D'un chapon, d'un poulet, délecté les entrailles ? »
— Pas même d'un pâté, d'un moindre brocheton !
« L'entêté ne sait pas ce qu'est un guéridon ;
» C'est un Huron qui sort des bords de l'Orénoque,
» Qu'il vous faut renvoyer à sa triste bicoque,
» Apprendre à ses dépens au sauvage iroquois,
» Comme ici l'on traduit les *traités* et les *lois* (7).
» Ce faisant, vous ferez, Messieurs, une œuvre pie,

» Et je serai toujours votre franche toupie. »

Après ce beau discours, si rempli de douceur,
L'on sentit s'exhaler une divine odeur.
(Était-ce odeur d'encens, de myrrhe ou d'ambroisie,
Telle que Cythérée aux champs de Lavinie,
Sur son fils attendri répandit autrefois?
Je n'en sais rien : je laisse au chimiste d'Arbois,
A décider le cas; si c'était ambroisie,
Fleur d'orange, muguet ou parfum de Syrie...)
Je reviens au factum élégant et concis,
De la déesse aux doigts crochus et mal blanchis.

Tendrement agité, le président Durnuque,
Relevant sa main jaune et sa tête à perruque,
Ordonna qu'à l'instant, du palais écarté,
Saisi par les huissiers, de recors escorté,
Bairactar fût poussé, fût chassé dans la rue.
Je m'arrête, ô lecteur, l'âme encor toute émue,
De l'effet qu'a produit l'ordre du président
Sur le cœur agité du soldat fulminant
De rage et de colère. On aurait dit Achille,
Attendant les Troyens qui sortent de leur ville
Sous les ordres d'Hector qui jette dans les flots
Les Grecs que la terreur fait gagner leurs vaisseaux.
Le tumulte et les cris, le sang qui rougit l'onde,
Le choc des combattans, et la foudre qui gronde ;
L'embrasement des cieux sillonnés des éclairs,
Et le feu dévorant qui monte dans les airs,
Excitent moins l'effroi que le courroux terrible

De l'ami de Patrocle au courage infaillible.

Déjà l'huissier Vilhomme est prêt à s'élancer,
Avec ses deux limiers, pour saisir, expulser
L'intrépide guerrier; quand d'un Cujas énorme,
Braqué comme un mortier sur une plate-forme,
Bairactar, empoignant le volumineux poids,
Le lance sur le front du gendarme des lois,
Et l'envoie expirer près du greffier Latole.
Aussitôt à Cujas succédant un Barthole,
Le livre redoutable allait occir Bonnard;
Lorsque le fin matois esquivant avec art
La masse du légiste, il tombe sur la tête
Du procureur Lansdar qui n'est pas mallebête.
Étourdi de ce coup, et sans pouvoir parler,
Lansdar avec respect relève et va porter
Le lourd Infortiat dans l'enceinte du temple;
Le tribunal debout, de ses yeux le contemple,
Et juge avec raison qu'il fallait un fort bras,
Pour darder de si loin l'indigeste fatras.

Au bruit du coup, Bonhec qui sur son siége bâille,
Surpris de voir livrer une telle bataille
En plein barreau, se lève, et, mettant son bonnet,
Accourt pour soutenir le corps de Malplaquet.
Celui-ci le voyant embrasser sa querelle,
Se poste en serre-file et blague de plus belle :
On ne l'écoute plus. On avait d'autre soin
Que de l'ouïr toujours rabacher sur son foin,
Et d'entasser sans fin mensonge sur mensonge :

A vaincre sans périls chaque procureur songe
Et tour-à-tour s'excite à faire son devoir.
De Bonbec... ah! quel zèle il fait apercevoir ;
Dans un clin-d'œil il met les avocats en ligne,
Et fait rentrer le ventre à Vorhet qui se signe,
Croyant déjà sentir sur son large fessier,
La pointe de la botte à Nicolas Boursier.
De Bonbec le rassure en lui montrant sa lance,
Les cinq Codes civils, son arme d'ordonnance :
Puis pérorant la troupe, il conclut en mou ton,
Qu'on coupe la retraite au porte-mousqueton ;
Et que, pour le punir de son extrême audace,
Il soit fait prisonnier et garotté sur place.
Bairáctar l'entendant requérir son arrêt,
Prend l'encrier de plomb, le lui jette au jarret.
La flèche qui perça l'un des talons d'Achille,
Causa moins de douleurs au vainqueur d'Éryphile,
Que ce lourd encrier atteignant le mollet
Du second lieutenant de l'obscurant parquet.
Il tombe sur le flanc ; piteusement il crie
Qu'il faut le transporter droit à l'infirmerie,
Et qu'on fasse appeler le docteur Topchilas.
Morlès, le poil dressé comme un autre Calchas,
Et suivi de Tierçon, dont les plates épaules
Ont reçu dans Moulins un chargement de gaules,
Le soulève et l'emporte, escorté de Gourmeur,
L'huissier des pots de Nuits le plus fort écumeur.

La colonne, en échecs, allait battre en retraite,
Lorsque maître Bonnard vint se mettre à sa tête,
Et lui tint ce discours pathétique et touchant :
« Quoi donc, s'écria-t-il, contre un nous sommes cent ;
» Et nous n'oserions pas coller à la muraille
» Ce goujat, qui se croit un Tonnerre, un Xaintraille,
» Un Lasalle, un Bayard bravant des bataillons.
» Montrons-lui qu'au barreau l'on n'est pas des d...
» Qu'on sait se mesurer et faire d'autre affaire
» Que de mordre les gens, mentir, piller et braire...
» Quand on a vu l'Anglais, le Saxo-Prussien,
» Le Sarde, l'Espagnol, le Russe et l'Autrichien,
» Le Badois, la Bavière et toute l'Allemagne,
» Se ruer pour abattre un nouveau Charlemagne,
» A-t-on dit seulement à ces faquins unis,
» Que leur gloire était moindre, étant cent contre dix,
» Que celle des Français mourant pour leur patrie
» Aux champs de Waterloo, dans les plaines de Brie?..
» Tout le monde s'est tû, personne n'a parlé ;
» Le héros malheureux fut lui-même raillé,
» Et sans que ses amis s'en mettent plus en peine,
» On le vit s'embarquer pour l'île Sainte-Hélène
» Où le feu dévorant d'un atmosphère impur,
» Vint calciner ses os dans un réduit obscur.
» *Du destin qui fait tout telle est la loi cruelle !*
» S'il eût été vainqueur, de sa gloire nouvelle
» Le Louvre eût retenti. Nos arlequins du jour
» Seraient tous accourus pour lui faire leur cour ;

Et l'auguste monarque, auteur de notre Charte,
Peut-être n'eût plus vu Paris que sur la carte.
» Allons, marche en avant! fondons sur ce houzard,
Et faisons-lui bien voir que sa bande de lard
Qui lui sert de plastron, de cuirasse et d'égide,
Ne pourra résister à la main qui vous guide. ›
La troupe fait six pas, puis marche par le flanc.
airactar qui la voit, s'empare d'un grand banc,
e retranche derrière, et persiffle la clique
ui s'arrête au milieu de la place publique
t prend position. Le signal est donné,
't le pauvre plaideur se trouve environné.
ainement on l'invite à mettre bas les armes,
 suivre les recors, à se rendre aux gendarmes;
l s'en moque ; il se rit des huissiers et recors,
t dit que s'il se rend ce sera sur les morts;
u'il va faire sauter arceaux, bancs et pupîtres ;
u'il prend Dieu pour témoin et ses saints pour arbitres.
onnard, qui sait combien la rustique valeur
'un guerrier exalté peut inspirer de peur
 troupe de cafards qui n'a pas de courage,
ui jette bravement son sac noir au visage ;
e sac repoussé tombe, et de ses flancs ouverts
oule sur le carreau tout le fiel du pervers,
n longs exploits tachés de l'encre la plus noire ;
a vapeur qu'il répand infecte l'auditoire,
t monte jusqu'aux pieds de l'amé tribunal,
ui faillit suffoquer par ce gaz infernal.

Les eaux de l'Achéron, sur sa rive homicide,
N'ont exhalé jamais une odeur plus fétide,
Et jamais narcotique épais et sulfureux
N'avait frappé les nez et fait cligner les yeux.
La Chicane elle-même en a la voix éteinte.
Dorr sort pour lui chercher l'extrême-onction sainte.
Il a peur que la dame, en proie au repentir
D'avoir fait tant de mal, ne soit prête à partir
Pour rejoindre Alecto, sa digne camarade,
Sans s'être confessée au jésuite Contade.
    Cependant par les soins du galant président,
Qui lui met de vinaigre un flacon sous la dent,
La Chicane reprend des couleurs cramoisies,
Couleurs qu'en tous les temps la H...on a choisies
Pour charmer Kirchevass. Un silence profond,
Tel que celui qu'Ovide aux bords de l'Hellespont
Dépeignait dans ses vers inspirés par la plainte,
Régnait dans le barreau tout frissonnant de crainte.
Les procureurs avaient déjà la larme aux yeux,
Les huissiers aux gens bons faisaient bas leurs adieux ;
Les recors préparaient la corde pour se pendre,
Quand la dame leur dit d'une voix douce et tendre :
« Que faites-vous, enfans, délices de mon cœur,
» Vous tous en qui j'ai mis mon espoir, mon bonheur !
» Qu'attendez-vous ? Allez, *empoignez !* La victoire
» Qui vous ouvre le champ, va vous donner pour boire,
» Combattez ! » Aussitôt tous les sacs d'avocats,
D'avoués et d'huissiers, qui pendent sous leurs bras,

onflés de gros lardons sans sel et sans justesse,
leuvent sur Baïractar qu'ils blessent à la fesse.
nflammé de colère, et le front rougissant,
e soldat vulnéré brandit l'énorme banc,
t fond sur la brigade à la noire oriflamme
es rangs sont éclaircis, maître Bonnard se pâme
l'aspect du cottret, dont le côté tranchant
a lui rompre l'échine et lui frotter le flanc.
ransi, plus mort que vif, à plat ventre il se couche
t fait sortir ces mots de sa tremblante bouche :
« Préservez-moi, dit-il, de l'assaut meurtrier,
» Et du morceau de bois qu'agite ce guerrier;
» Cachez-moi dans le coin le plus près de la porte :
» Si j'en bouge, ma foi, que Belzébuth m'emporte ! »
Cependant le combat était loin de finir,
t nul des procureurs ne songeait à s'enfuir.
ous soutiennent le choc du soldat téméraire
ui les vient prendre en flanc et les bat par derrière.
a robe qui les couvre amortit le sapin,
ui se brise en éclats sur le dos de Grappin.
a cohorte en pâlit, et faisant volte-face,
u héros haletant arrache la cuirasse,
t la met en lambeaux. Le priseur Cormoran (8),
e pénitent Chezdox, et le recors Safran,
omme des chiens de juifs fondent sur cette proie,
a pillent, et chez eux courent jappant de joie.
n vain le fort Lausdar les rappelle au combat,
eur parle de l'honneur de happer le soldat;

Il est lancé si drn qu'il perce la culotte,
Et que jusqu'au rectum on voit entrer la botte
Qui se fraie un passage au bas du fondement.
La main de Bairactar s'y porte promptement,
Et prenant par l'orteil le procureur ingambe,
Lui fait exécuter trois rondeaux sur la jambe.
Semblables aux Troyens perchés sur leurs remparts,
Lorsqu'Hector contre Achille affrontait les hasards
D'un combat singulier qui lui coûta la vie,
Les avocats malins riaient à la folie,
De voir Lansdar sautant comme un renard blessé
Qui sort d'un poulailler d'où les chiens l'ont chassé.
Ils restent spectateurs, sans bouger de leur place,
Du pédilat grotesque où la vaillante audace
Du nerveux procureur l'a si fort engagé;
A tenir toujours ferme il est encouragé;
Mais, las de manœuvrer à l'instar d'une pie
Qui va, qui vient, qui trotte et toise une prairie,
Lansdar qui n'en peut plus, et qui grince les dents,
Tombe sur le parquet, privé de sentimens.
On lui tâte le pouls, et le docteur Burette
Dit qu'il lui faut tirer du sang une palette,
Que c'est là le moyen de lui rendre les sens.
«Ah! docteur, dit Lansdar, ouvrant des yeux mourans,
»Ah! je n'en avais pas, quand je pris la querelle
»De Morlès, de Tierçon et toute leur séquelle;»
Puis, faisant un effort, il dégage son pied
De la botte pointue, ouvrage de Sorhied,

Dont on n'aperçoit plus le bout que par les tiges ;
Elle allait s'éclipser, quand, ô ciel ! ô prodiges !
O merveilleux effet d'un fameux coup de vent !
La boîte avec éclat tombe du fondement,
Et va, par ricochet, salir Lagrimaudière.
Le héros n'étant plus troublé pour son derrière,
Allait mettre à jamais Lansdar hors de combat ;
Lorsqu'une voix cria : « Chargez sur le soldat ! »
    Soudain de tous côtés on le cerne, on le presse,
Et pour le faire choir on redouble d'adresse ;
Comme au milieu des mers un rocher élevé
Oppose aux cours du flot contre lui soulevé,
Sa base inébranlable et sa tête immobile,
Tel Bairactar résiste à la troupe servile.
Cent coups de pieds, de poings contre ses flancs portés,
Sont parés ou reçus, et par lui ripostés.
On s'aborde, on se cogne, on se heurte, on s'écrase,
Le poêle est renversé, culbuté sur sa base,
Par le choc imprévu de tous les combattans
Dont les yeux sont pochés et les nez tout sanglans.
Le guerrier dont le rouge est peint sur le visage,
Et dont le sort dépend de son brillant courage,
Voyant les procureurs redoubler leurs efforts,
Et sommant les huissiers de le saisir au corps,
Invoque le dieu Mars et la sage Minerve :
L'esprit de la déesse enfle aussitôt sa verve ;
Et le dieu des combats, favorable aux héros,
Abaisse à ses côtés l'un des bouts des tuyaux

S'en fut d'un air contrit, et la main sur la hanche,
Jurant par le muphti qu'il prendrait sa revanche.
Bonnard qui le regarde enfiler le chemin,
Et craignant pour son Suisse un autre coup de main,
Se relève de peur, et sans penser au diable
Auquel il s'est donné, regagne son étable.

    Au milieu du vacarme et du bruit du combat,
La Chicane prudente et baissant son rabat,
Avec le tribunal s'enfuit sur la montée,
Maudissant du plaideur la valeur indomptée.
Là, près d'un ratelier, son palefroi l'attend,
La selle sur le dos, et l'étrier pendant.
Elle grimpe dessus, et la rosse divine
Aussitôt dans les airs vers Madrid s'achemine.

FIN DU PREMIER CHANT.

IMPRIMERIE DE DAVID,
BOULEVART POISSONNIÈRE, N° 6.